AF370156

VENTE

Du Vendredi 31 Mars 1911

HOTEL DROUOT, SALLE N° 2

A DEUX HEURES

BEAUX BIJOUX

ENRICHIS DE

Diamants, Émeraudes, Rubis, Saphirs

COMMISSAIRE-PRISEUR

Mᵉ Charles DUBOURG

EXPERT

M. LINZELER

CATALOGUE

DES

BEAUX BIJOUX

DIADÈME, BRACELETS, BAGUES, BROCHES

ENRICHIS DE

DIAMANTS, ÉMERAUDES, RUBIS, SAPHIRS

Comprenant :

UN RANG DE PERLES

Deux Colliers de chien

TRÈS IMPORTANT BRACELET DE LALIQUE

Enrichi de Diamants, Saphirs et d'Émail

DONT LA VENTE AUX ENCHÈRES PUBLIQUES AURA LIEU

HOTEL DROUOT, SALLE N° 2

LE VENDREDI 31 MARS 1911

à deux heures

COMMISSAIRE-PRISEUR	EXPERT
Mᵉ **Charles DUBOURG**	**M. Robert LINZELER**
11, rue Sainte-Anne	9, rue d'Argenson

EXPOSITION PUBLIQUE

Le Jeudi 30 Mars 1911, de 2 heures à 6 heures

CONDITIONS DE LA VENTE

———

Elle sera faite au comptant.

Les adjudicataires payeront *dix pour cent* en sus des enchères.

L'exposition mettant le public à même de se rendre compte de l'état et de la nature des objets, aucune réclamation ne sera admise une fois l'adjudication prononcée.

Paris — Imp. de l'Art. CH. BERGER, 41, rue de la Victoire.

DÉSIGNATION

1 — Collier de soixante-treize perles d'Orient, un fermoir brillant.

2 — Collier de chien, composé de quinze rangs de perles, fermé par une barrette en brillants.

3 — Collier de chien, formé de treize rangs de perles, orné de quatre barrettes brillants et un fermoir en brillant.

4 — Petit diadème, formé d'ornements en brillants et roses, surmonté d'un gros rubis en forme de poire entouré de petits brillants. De la *Maison Bapst*.

5 — Collier, formé d'ornements Louis XVI en brillants et roses, orné de perles.

6 — Deux bracelets, formés de maillons en brillants, ornés chacun au centre d'un brillant.

7 — Paire de boucles d'oreilles, formées de cinq brillants emmaillés dans du platine.

8 — Paire de boucles d'oreilles, formées de deux ornements en brillants soutenant deux grosses perles boutons.

9 — Broche, formée d'un croissant en brillants et roses.

10 — Deux bracelets, formés de petites perles montées sur des chaînes platine supportant deux plaques en émail ornées de roses.

11 — Bague marquise, pavée de diamants.

12 — Bague, formée d'une rose en forme de cœur, entourée de rubis calibrés.

13 — Bague, formée d'un saphir cabochon entouré de six brillants.

14 — Bague, formée d'une grosse perle surmontant deux petits brillants.

15 — Bague, formée d'un saphir gravé en camée entouré de petits brillants.

16 — Bracelet relié à quatre bagues par un motif décoratif s'appliquant sur la main, le tout orné de saphirs, de roses et de brillants et décoré d'émaux translucides. Travail de LALIQUE.

17 — Paire de boutons d'oreilles, formés de deux poires émeraudes suspendues à deux petites barrettes en brillants.

18 — Monture de broche en rubis calibrés.

19 — Collier, formé de petites perles soutenant un gland formé de perles, de brillants, terminé par un rubis.

20 — Barrette, ornée de brillants.

21 — Bracelet, en forme de courroie, formé de brillants et d'émeraudes calibrées.

22 — Bracelet, formé de maillons brillants et d'émeraudes calibrées simulant un ruban enroulé.

23 — Paire de broches simulant deux rubans noués, formées de bandes alternées de brillants, de roses et de rubis calibrés.

24 — Paire de broches pavées de brillants entourés de rubis calibrés.

25 — Paire de petites broches pouvant former boucles de souliers, formées de deux brillants entourés de deux cercles de petits brillants.

26 — Chaîne sautoir platine, ornée de quarante-quatre brillants navette et de cent vingt-six petits brillants.

27 — Épingle de chapeau en or, ornée de feuilles en roses et d'une perle.

HOTEL DROUOT, SALLE N° 2

LE VENDREDI 31 MARS 1911

à deux heures

1° TRÈS IMPORTANT

COLLIER DE DIAMANTS

**Composé de Brillants ronds,
De Brillants en forme de poire et de
Brillants navettes.**

2° TROIS GROS BRILLANTS

MONTÉS SUR PLATINE

1 Brillant 33 1/2, 1/8, 1/16, 1/32, 1/64
1 — 21 1/32
1 — 18 3/4, 1/8, 1/32

COMMISSAIRE-PRISEUR	EXPERT
Mᵉ CHARLES DUBOURG	**M. ROBERT LINZELER**
11, rue Sainte-Anne	9, rue d'Argenson

EXPOSITION PUBLIQUE

Le Jeudi 30 Mars 1911, de 2 heures à 6 heures